戴宏海师生扇面作品集

天津杨柳青画社

图书在版编目（CIP）数据

戴宏海师生扇面作品集/戴宏海等绘. —天津：
天津杨柳青画社, 2016.1
ISBN 978-7-5547-0479-0

Ⅰ. ①戴… Ⅱ. ①戴… Ⅲ. ①扇—中国画—作品集—
中国—现代 Ⅳ. ①J222.7

中国版本图书馆 CIP 数据核字 (2015) 第 289950 号

出 版 人：王勇
出 版 者：天津杨柳青画社
地　　　址：天津市河西区佟楼三合里 111 号
邮政编码：300074
编辑部电话：(022) 28379182
市场营销部电话：(022) 28376828 28374517
　　　　　　　　 28376928 28376998
传　　　真：(022) 28376968
邮购部电话：(022) 28350624
网　　　址：www.ylqbook.com
制　　　版：北京圣彩虹制版印刷技术有限公司
印　　　刷：天津市豪迈印务有限公司
开　　　本：1/12　889mm×1194mm
印　　　张：6
版　　　次：2016 年 1 月第 1 版
印　　　次：2016 年 1 月第 1 次印刷
印　　　数：1-3000 册
书　　　号：ISBN 978-7-5547-0479-0
定　　　价：45 元

人物画高研班师生合影

书画扇面　小品大艺

戴宏海

这里出版的是我担任温州书画院首届中国工笔画创作高研班导师期间，师生创作的折扇作品。

一、缘起

温州书画院作为国办的书画事业单位，历来是书画家对接社会的桥梁，同时也是书画家藉以成长的摇篮。2014年初，温州书画院在全国同等城市中率先创办了四个两年制的书画高研班。高研班以学院教学的严谨性与师徒授受的灵活性相结合的教学理念，邀约当代书画名家，为有理想、有追求的广大艺术青年提供了名师贴身授业解惑的可贵机遇。

在我的创作高研班里，2014年上半年完成了为第十二届全国美展创作大幅送选作品的主课程任务后，为了让学员们从此前的宏大创作重负中解脱出来，便安排大家画些小画。在考虑画什么形式的小画更富有学术内涵和文化属性时，我选择了折扇创作作为下半年主课程的学术目标。作为导师，我对高研班的课程设置非常慎重。就中国画而言，扇面画的课程设置是基于当今国家重视民族传统文化，注重绘画本体探索的学术取向与中国画创作上新的人文关怀，重新发掘传统资源，即所谓"正本清源，回归传统"之路。在长时间被冷漠的中国画的创作本质与手卷、册页、扇面等一些创作形式如今又被重新重视起来。而学员们过去很少画过正规的真扇面作品，所以创作热情很高。大家在创作过程中积极梳理扇面的绘画脉络，追溯中国传统文化的核心价值，探索扇面中国画之于当代文化的深刻意义。一时间，中国扇文化成了大家关心的学术命题。

二、寄情

扇，在我国已有三千多年历史，据说最早的扇是殷代用雉尾制成的。这种长柄扇，不是用来取凉，而是皇宫帝王用的一种礼仪饰物。因此，"扇"的造字有个"羽"字。随着时代发展，根据扇的产地不同，由于执扇者中的权贵富人、书香门第、平民百姓和男女老少的身份各异，扇的品种越来越多，扇的功能也越来越广，但最主要的还是纳凉。

折扇的出现，始于北宋，据说是日本、朝鲜作为贡品的传入。两宋绘画艺术蓬勃发展，加上皇帝对扇面艺术的重视，书画折扇应运飞速发展，至明清、民国臻于顶峰。历代的书画高手，创作了大批不朽之作，成为中国书画折扇发展兴盛的重要推手。折扇收则折叠，用则展开；扇面书画，扇骨雕琢，携带方便。古典的折扇，给予了中国古代男子十分儒雅的东方绅士风度。由于画扇、卖扇、藏扇之风盛行，中国成为"制扇王国"。明清两代，江浙一些扇庄精心制作高级的"贡扇"进贡给皇帝"御用"，皇帝喜爱折扇，常在扇面上题诗赋词分赐给大臣。折扇精湛的工艺与传统诗书画印的完美结合，体现了中国文化的精髓，并且这种文化随着中国对外文化交流被广泛传播到了东南亚诸国，当然也包括日本、朝鲜，成为亚洲东部共同文化的标志与缩影。折扇作为扇文化中独特璀璨的一部分，为华夏千年文化增添了浓墨的一笔。时至今日，折扇在引风纳凉方面的作用远不如电扇、空调来的直接和便捷，我们已处在遗忘折扇的时代。然而折扇艺术又被重新拾起，以致继续成为当代艺术家书画创作的载体，这是传统意义上的进步，也是折扇艺术魅力使然。

三、创作

折扇书画创作的技术难度，要比普通作品大得多。折扇弧形的幅面，上大下小，特别是真扇面还有条条扇骨上宽下窄的折纹，在此两者限制的空间里进行构思构图，要想营造出理想的画面，实属不易。好在历代书画家留下了大批技艺精湛的传世经典书画扇面，为我们提供了良好的学习与借鉴条件。古人扇面的书法作品，行距布局错落有致，让人感到通透舒朗，如有一种行云流水般的韵律；古人扇面的绘画作品，人物形象儒雅，巾带飘逸，富有生活情趣；花鸟动静有致，妙趣横生，一花一叶见精神；特别是山水画，千山耸立，万壑争流，层林竞秀，咫尺千里，小中见大。张大千曾说："小品应该有大寄托。"小品不是随意的小画，而是有思想、有技巧、有表现力的心灵之作。此即所谓"小品大艺"。

我在高研班教学，重视教艺术观念与艺术规律，增强学员自身的艺术生命力，走上自己的创作之路。同时，在具体的指导上，根据学员不同的基础，不同的艺术追求，因人而异，因材施教。这次折扇创作，对学员们"画什么""怎么画"不作限制，大家以一种轻松、自由的心态，多角度表达思想与情感，抒发对生活的感悟，使小幅之作更富艺术感染力。然而，学员们并没有因为创作环境宽松，放松了对作品质量的要求。为了升华主题，追求"小品大艺"的艺术境界，很多作品都数易其稿，直到自己和导师满意为止。本画册选印高研班第一学年师生70幅折扇作品，内容涉及人物、花鸟、走兽和山水，画种齐全，题材广泛。学员作品质量比较整齐，基本反映本届中国工笔画创作高研班的创作实力，算是我们半年时间的部分创作成果，特编辑出版，以求教于社会各界。

谢灵运行吟图

　　戴宏海，1941年8月生于温州市。温州书画院"戴宏海中国工笔画创作高研班"导师，国家一级美术师，温州大学名誉教授。中国美术家协会中国工笔重彩画研究会理事，中国美术家协会会员。原温州市美术家协会主席，浙江省美术家协会副主席。享受国务院颁发的政府专家特殊津贴。

　　擅长中国工笔人物画，作品曾27次入选文化部、中国美协主办的全国美展。获国家奖8次，省奖16次。2件作品被国家收藏，3件作品收入《中国现代美术全集》。出版个人画集多种。1991年应邮电部特邀，参加国家重大邮票题材《三国演义》系列邮票设计竞标，夺得创作权，先后发行三组邮票和小型张。被温州市人民政府授予连续三届文艺创作最高奖——金鹿奖。2006年应浙江省政府邀请，创作"浙江重大题材美术创作工程"《南宋御街繁胜图》巨幅中国画长卷，获工程银奖，被浙江美术馆收藏。2012年创作"中华文明历史题材美术创作工程"中国画《乾隆南巡》，参加全国投标竞争并入选。

淑女图

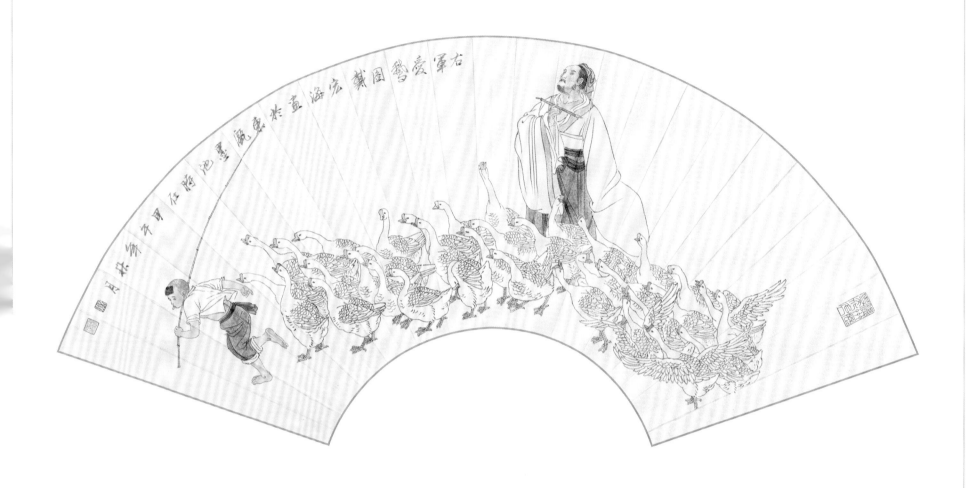

右军爱鹅图

3

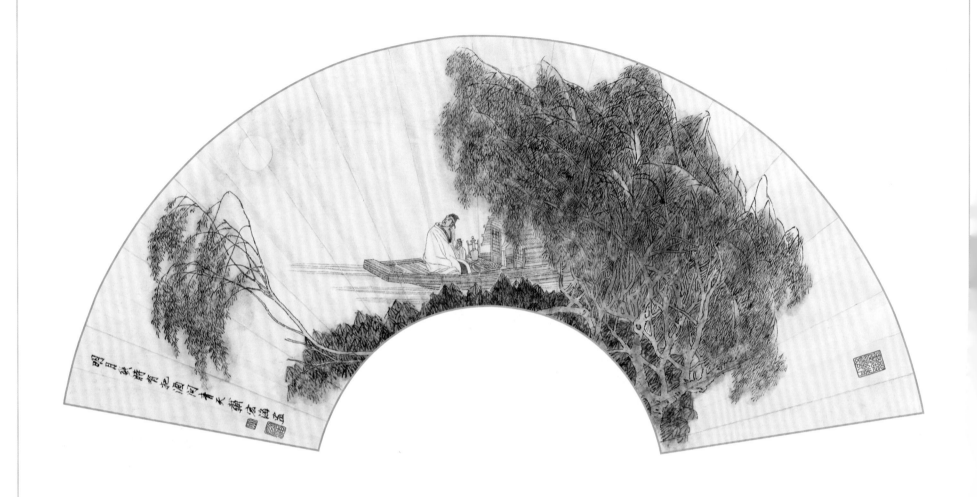

苏东坡水调歌头词意图

诸葛亮

琵琶行诗意图

李清照如梦令词意图

谢灵运北亭与吏民别诗意图

8

三顾茅庐

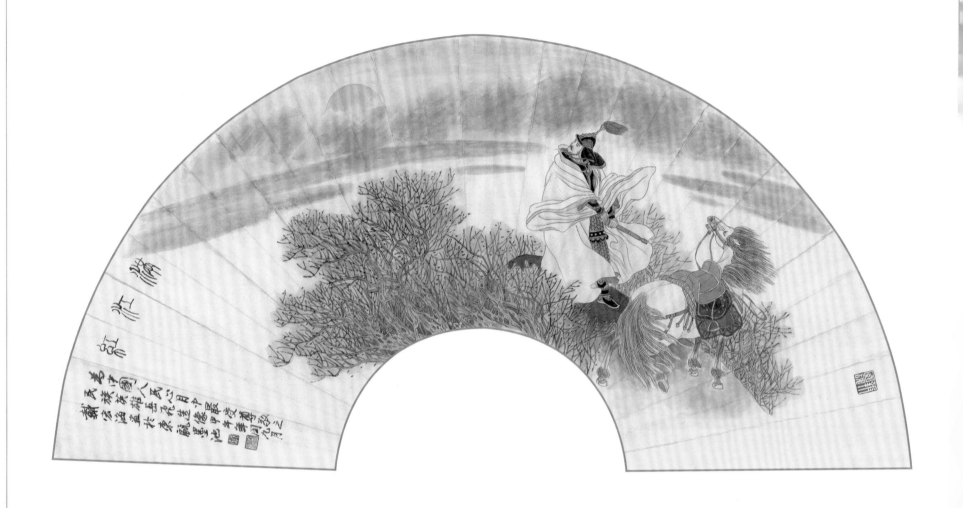

满江红

怒鞭督邮

季应祁墨荷花诗意图

钟馗嫁妹图

巫山神女

14

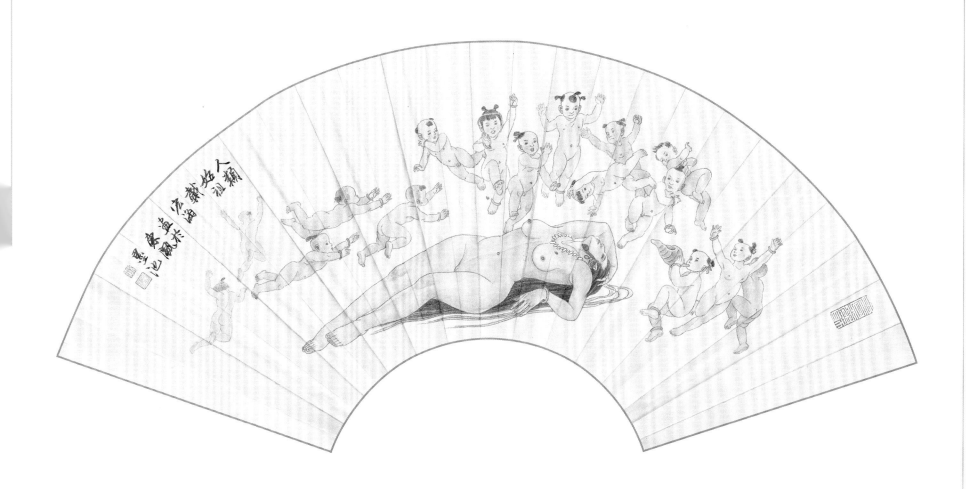

人类始祖

春雨

黛玉葬花

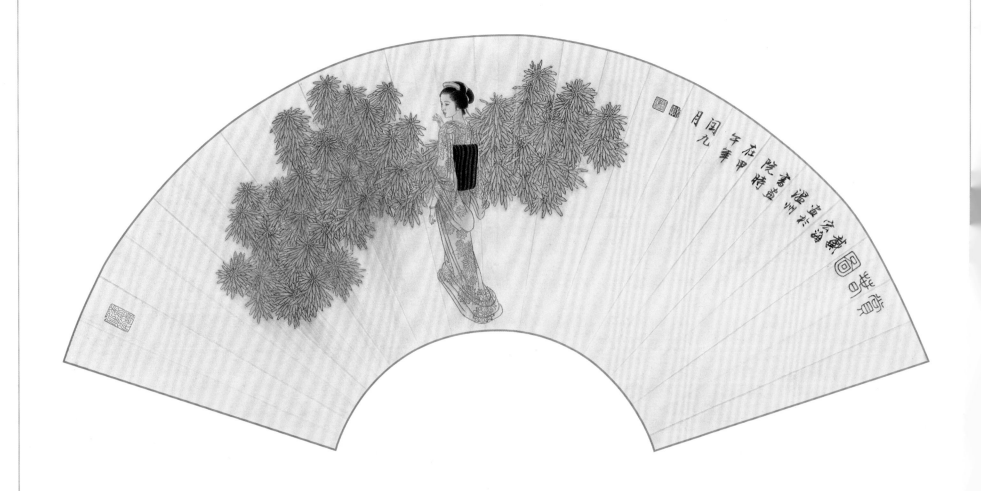

赏春图

猷蠓

陈旭海，浙江温州人，1973年5月出生。1997年中国美术学院版画系毕业，艺术硕士。现任职于温州大学美术与设计学院。中国美术家协会会员，温州市美术家协会副主席。

大闸蟹

江蟹

延年益寿

　　杨秀华，1968年5月出生于浙江瑞安。毕业于温州大学。《温州日报》报业集团温州书画艺术网艺术总监。现为中国工笔画学会会员、浙江省美术家协会会员、温州市美术家协会副秘书长、温州市女画家协会副主席、瑞安市美术家协会副主席。"戴宏海中国画创作高研班"班长。

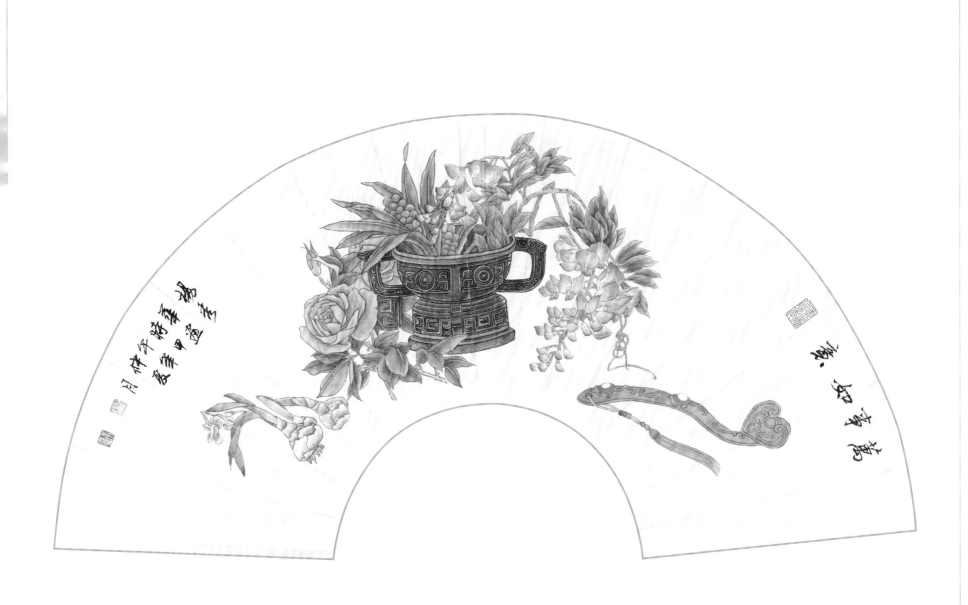

万事如意

贵妃醉酒图

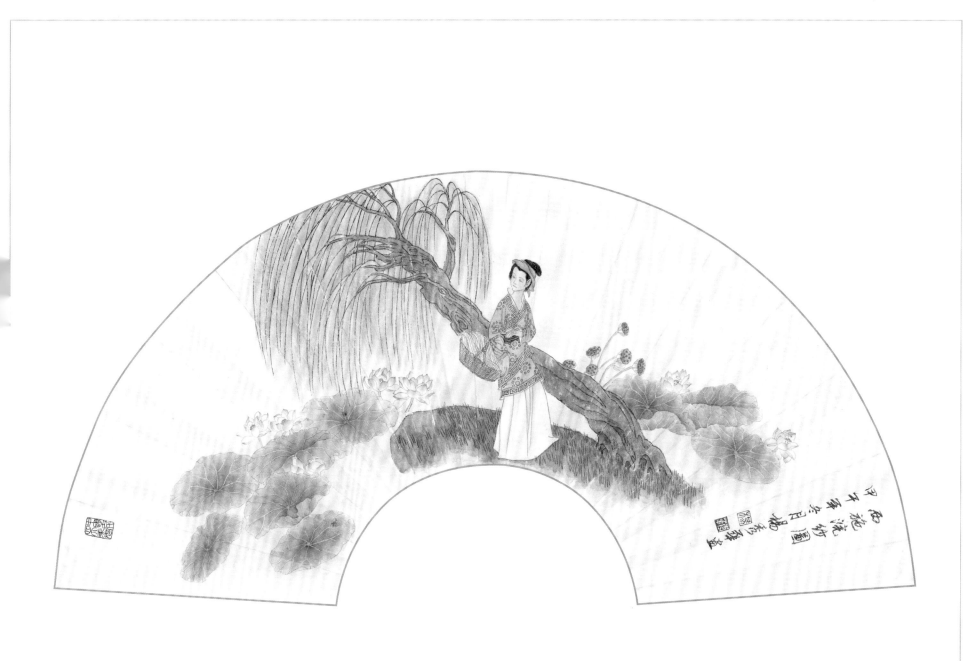

西施浣纱图

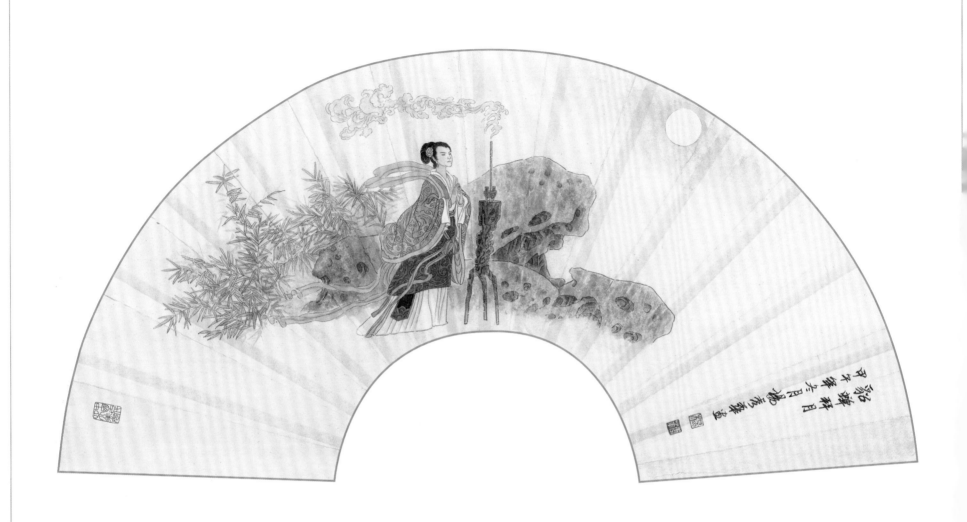

貂蝉拜月图

昭君出塞图

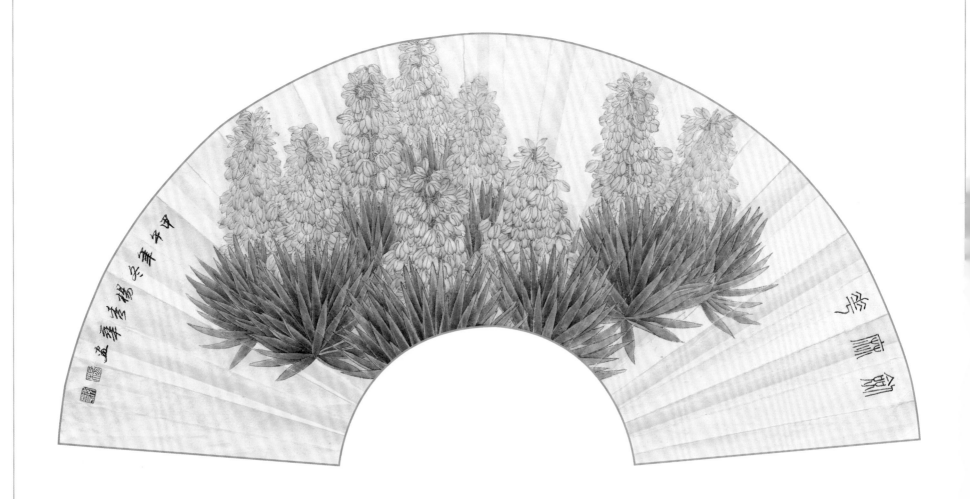

剑麻花

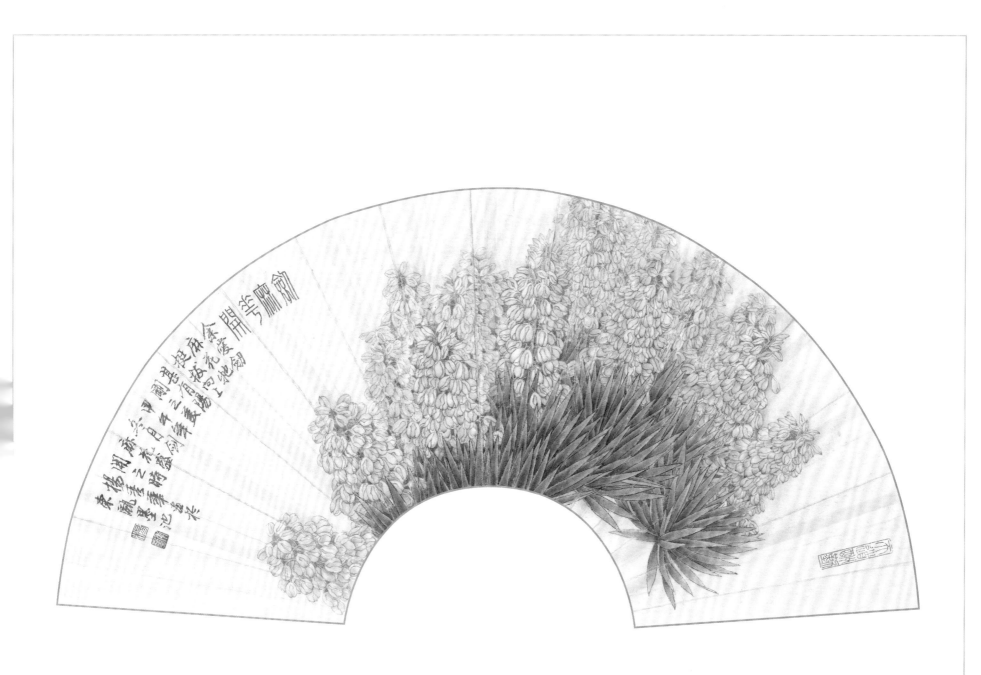

剑麻花开

29

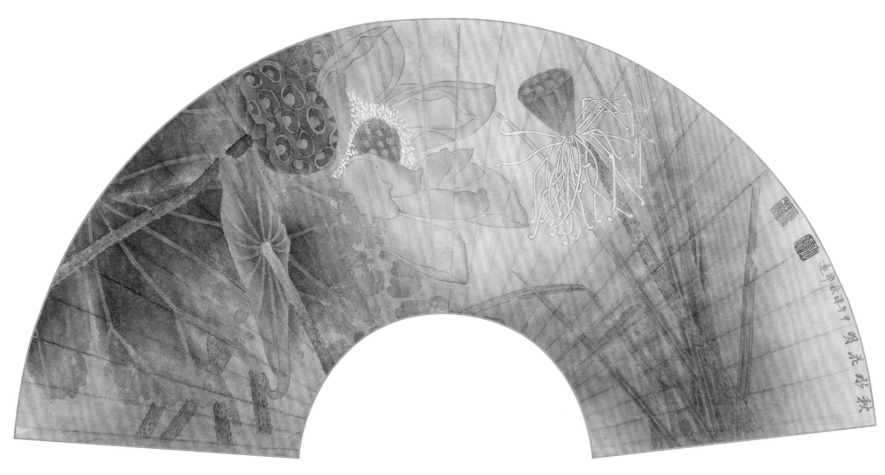

秋水花明

　　郭远，1971年5月出生，浙江苍南人。先后就读于浙江工艺美术学校、中国美术学院。现为温州新星学校中学美术教师。中华全国美学学会会员、中国工笔画学会会员、浙江省美术家协会会员、温州市美术家协会理事、苍南县第九届政协委员。苍南县第六轮优秀青年专业人才。

露冷风清玉有香

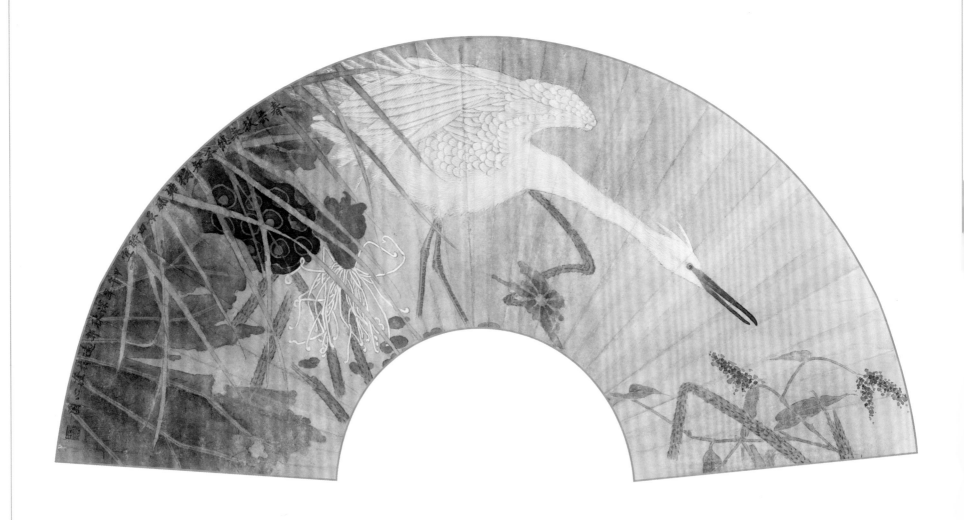

春去秋来

秋阳流静

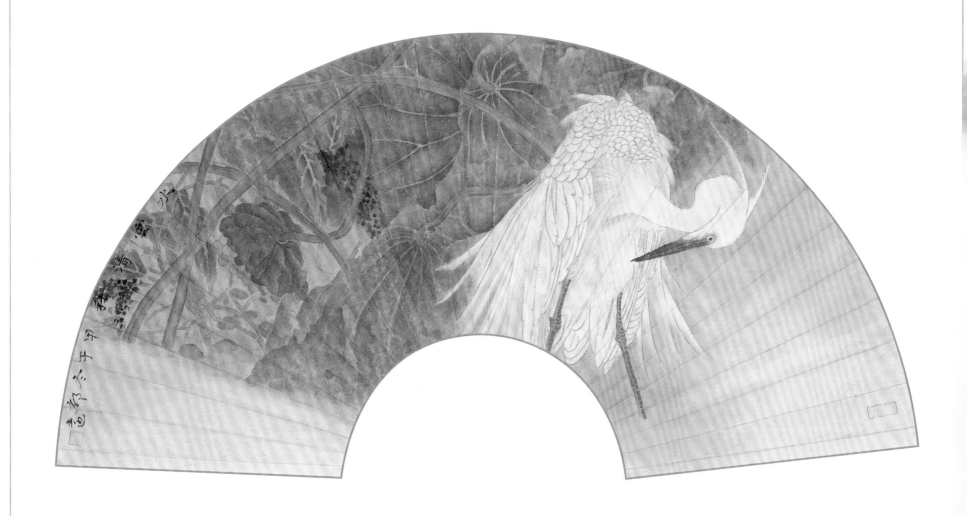

水云清秋

34

在水一方

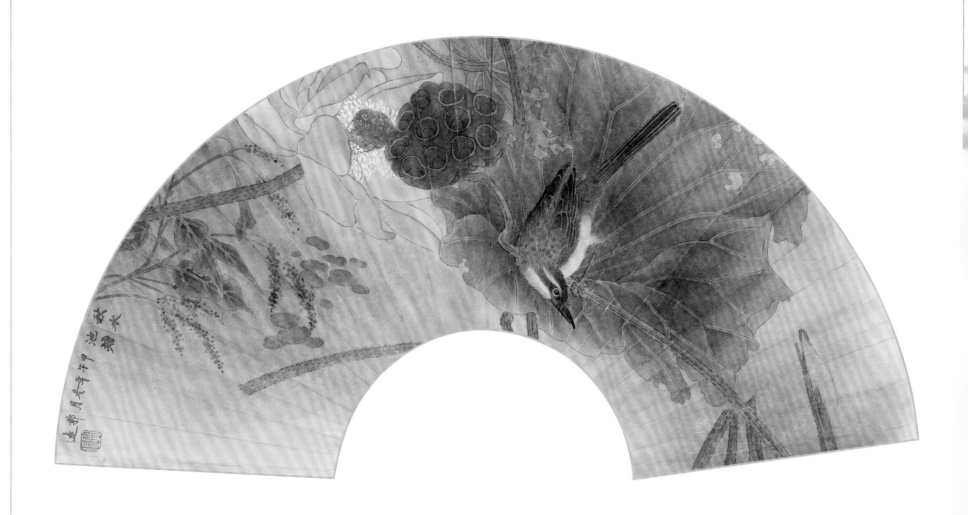

秋水池塘

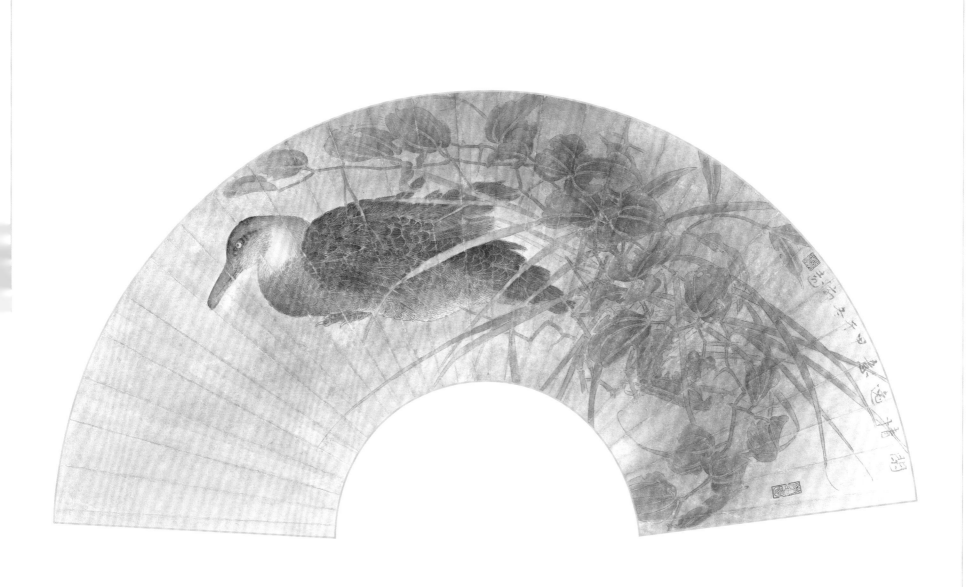

闲情逸意

秋江露冷

38

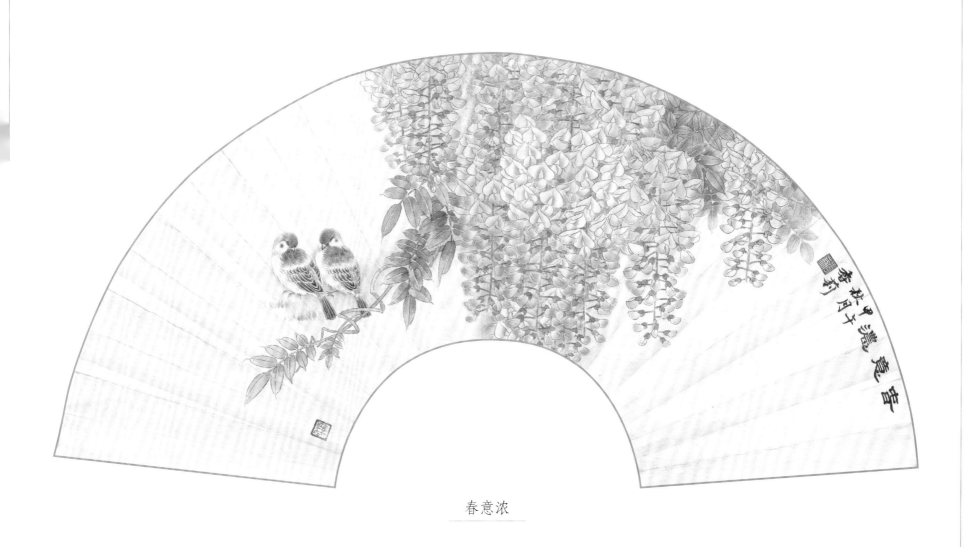

春意浓

徐香莉，1963年出生于温州市。毕业于温州大学应用美术专业。现为浙江省美术家协会会员、温州市美术家协会会员。

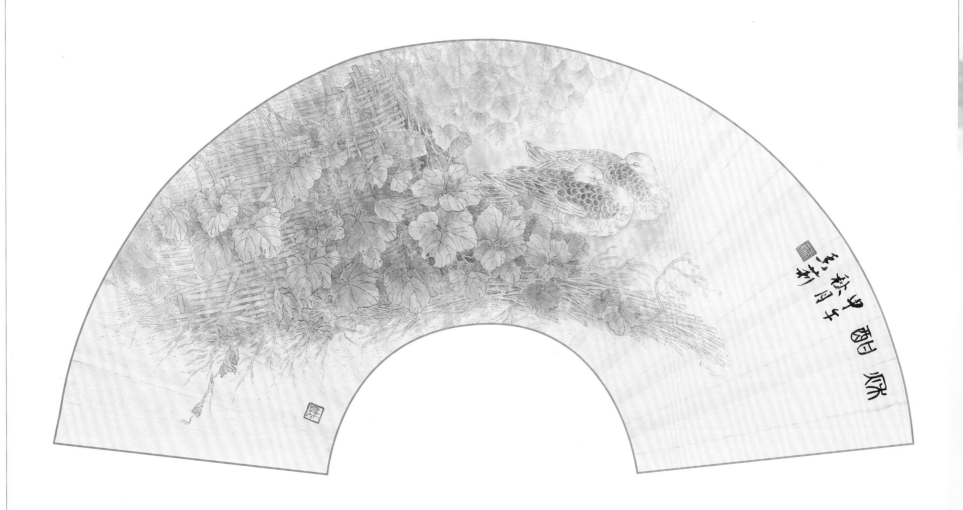

秋酣

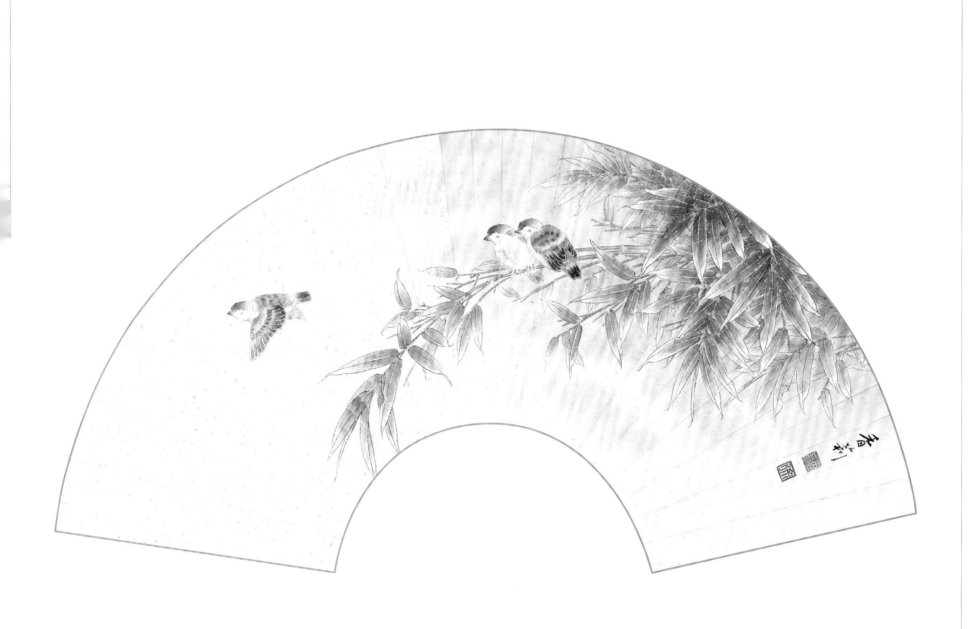

清风

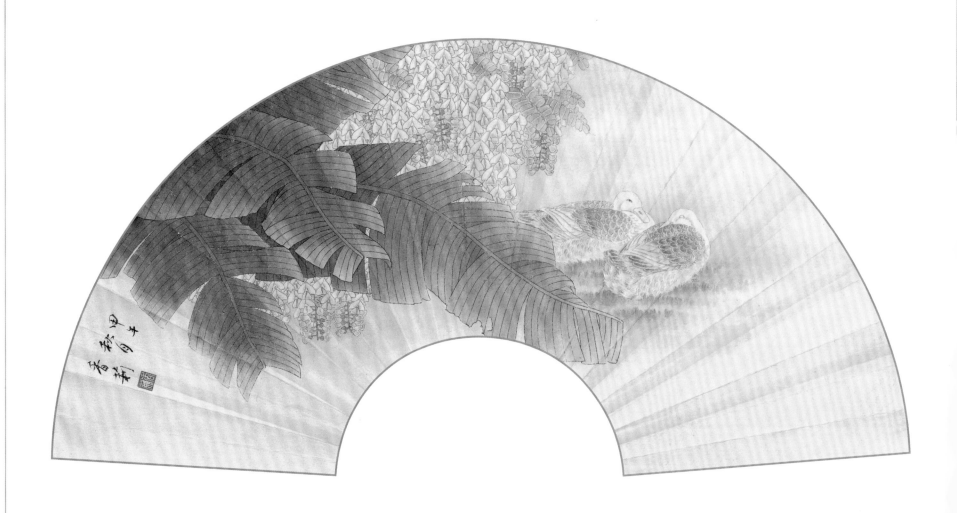

和影

紫气东来

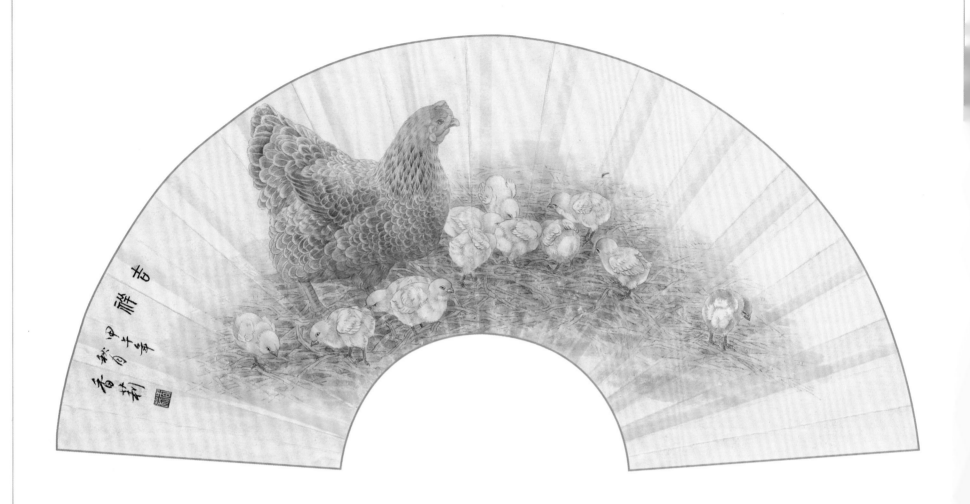

吉祥

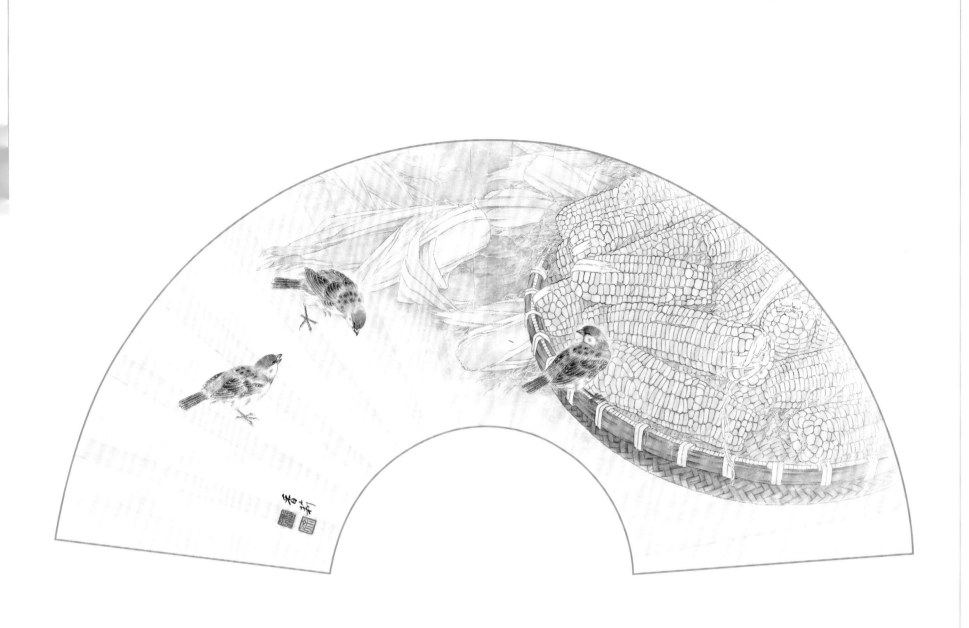

瑞年

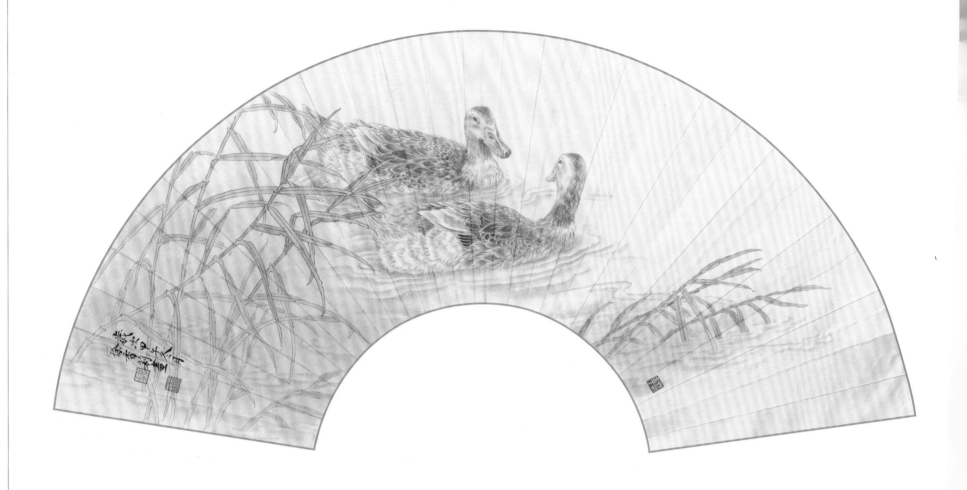

秋野

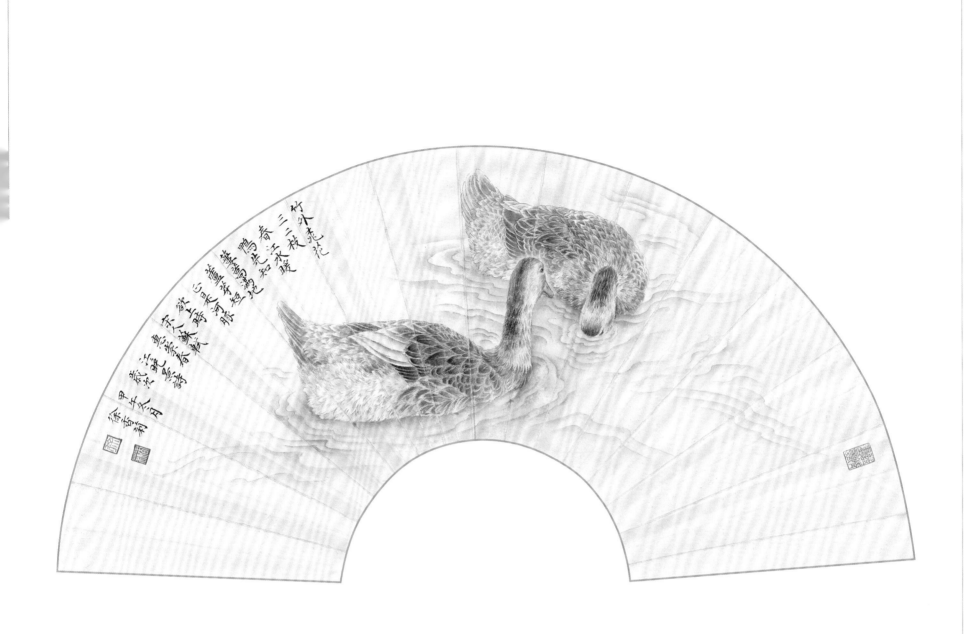

苏轼诗意图

47

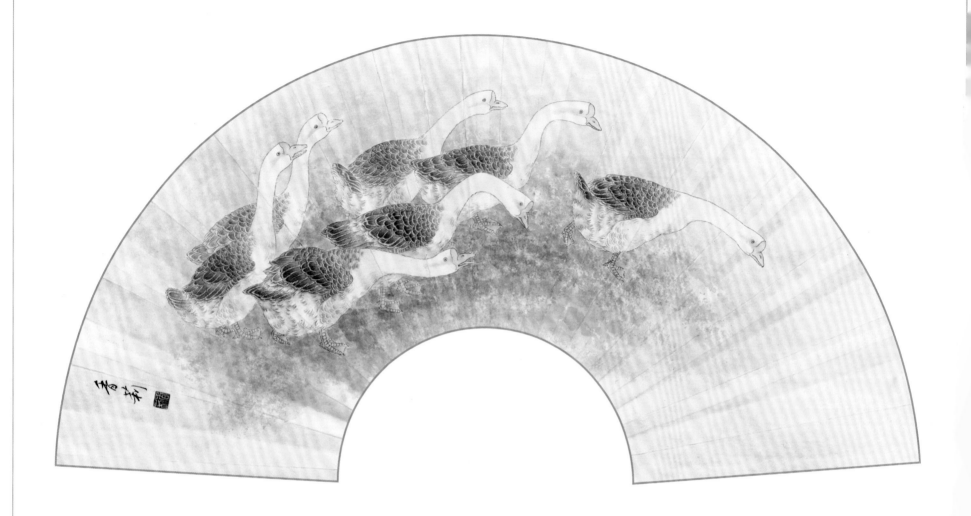

鹅鹅鹅

喜娃戏蟾图

　　陈秀强，1969年8月出生于温州市。毕业于江南大学。现就职于浙江嘉瀚拍卖有限公司，并从事书画装裱修复工作。温州市美术家协会会员。

风华

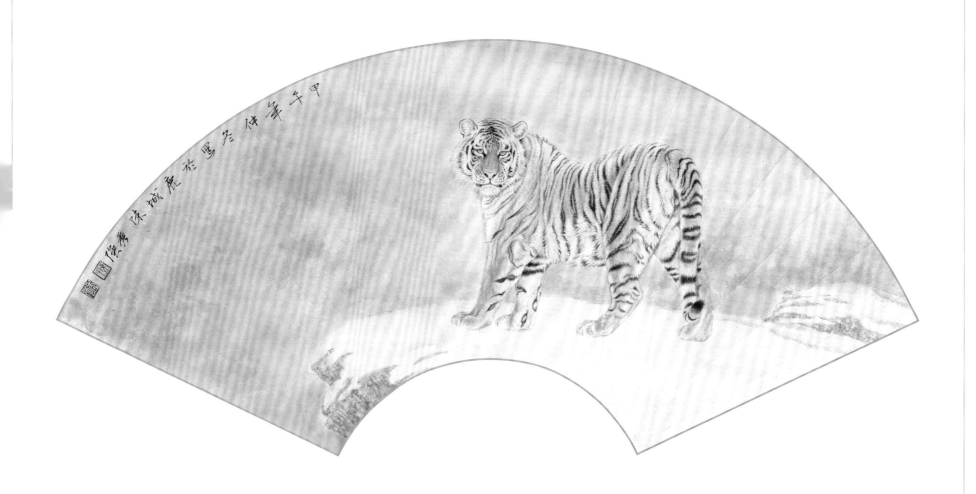

回眸

睡足图

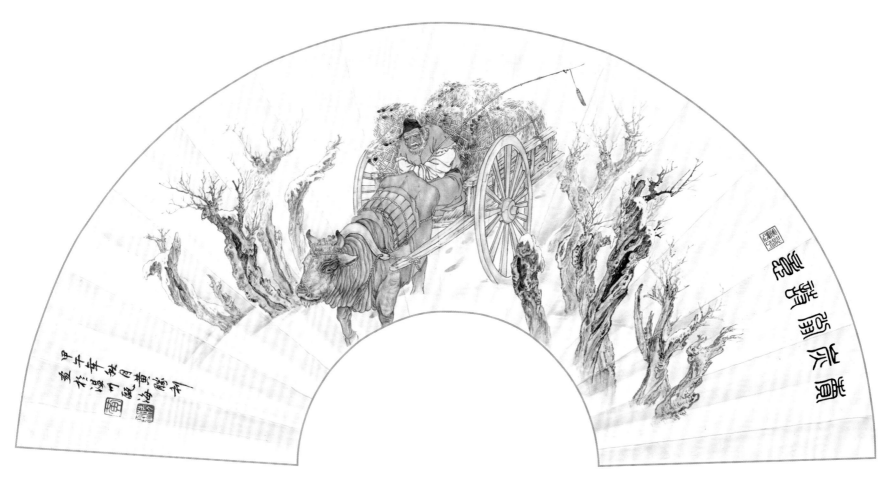

卖炭翁诗意图

　　黄胜利，1961年8月出生于温州市。毕业于乐清师范音美系，得诸多师长指导。1980年在乐清工艺美术厂任工艺美术师。现为温州市美术家协会会员、温州市瓯海区美术家协会会员。

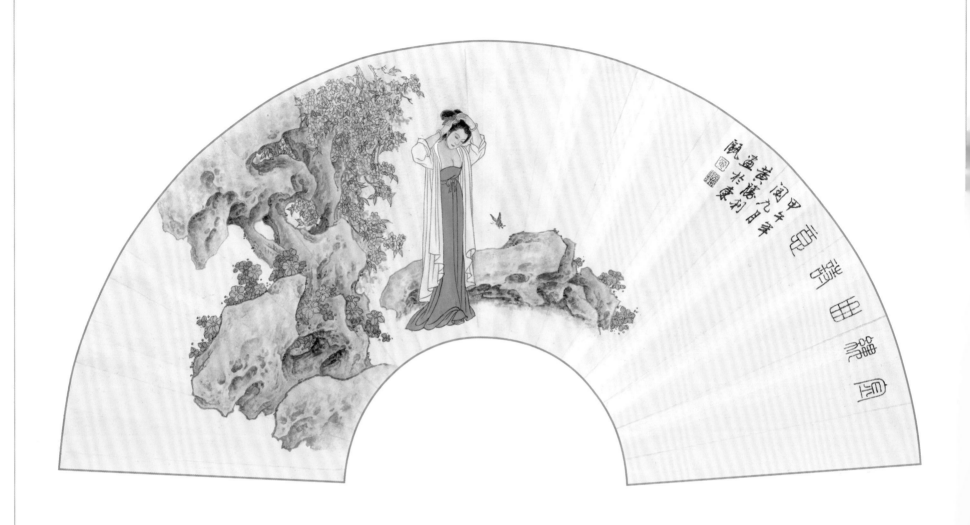

金缕曲诗意图

杜甫诗意图

55

白居易暮江吟诗意图

56

松下问童子

溪山暝泊

58

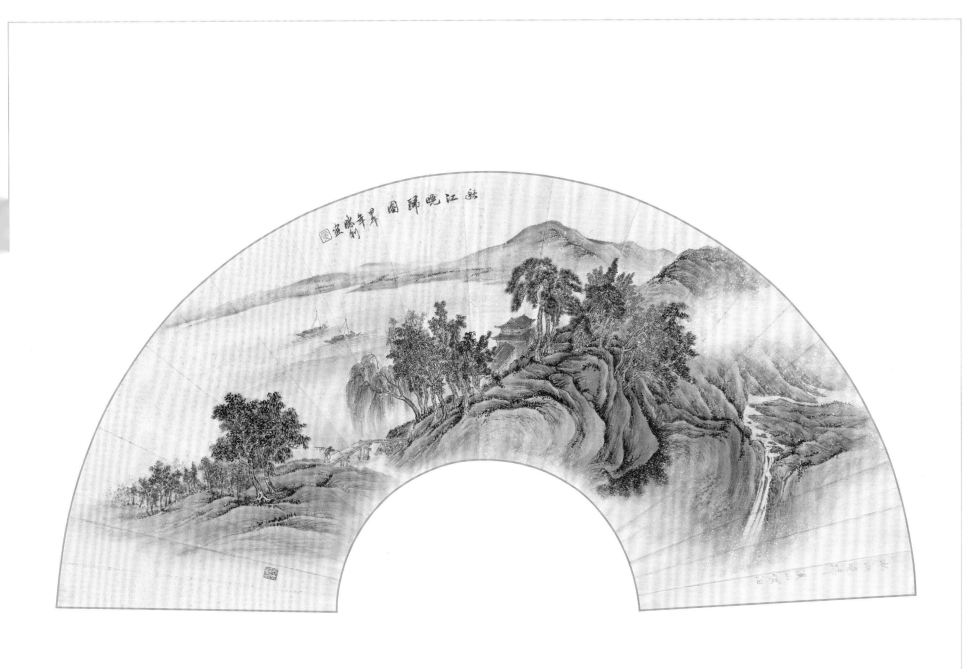

秋江晚归图

书怀

　　吴海清，1972年1月出生于浙江永嘉。毕业于杭州师范学院，美术教育硕士。现为中学美术教师，温州市美术家协会会员。

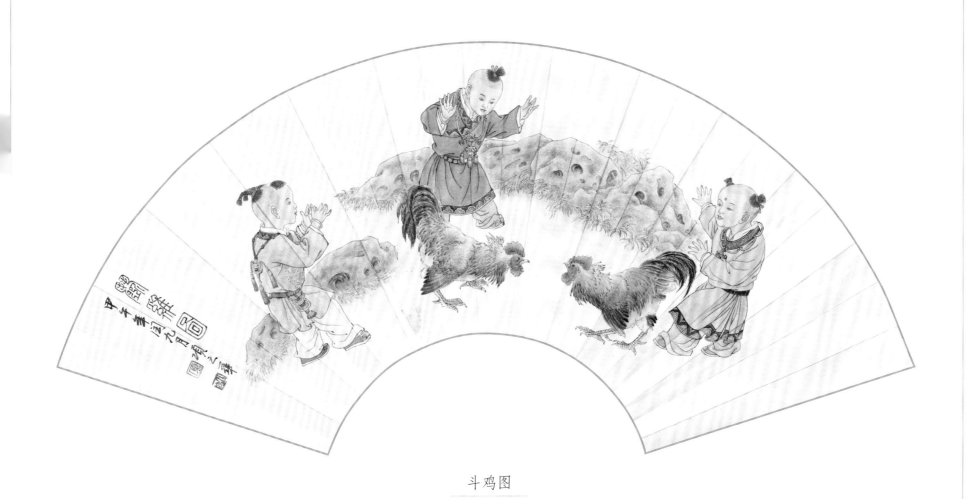

斗鸡图

项之华，1977年出生，温州龙湾人。其创办的"之华银光艺术室"被评为温州市工艺美术传承、创新、研发基地，温州市非物质文化遗产传承基产地。现为浙江省优秀民间文艺人才，浙江省民间文艺家协会会员、温州非物质文化遗产传承人、温州市工艺美术大师、温州市民协民间综合艺术专业委员会副主任、温州市工艺美术协会理事、温州市美术家协会会员、温州市龙湾区民协副秘书长。

麻姑献寿图

红男绿女

　　戴天键，1976年生于温州市。毕业于温州市工大工艺美术系，进修于中国美术学院油画系。1998年参加浙江省代表团赴日本东京、大阪、福井等地进行文化交流近一个月。现从事广告策划工作。温州市美术家协会会员。

相思图

醉李白

　　舒策班，1970年5月生于温州市。高级工艺美术师，浙江省"优秀民间文艺人才"。温州市工艺美术大师，非物质文化遗产传承人。先后师承中国工艺美术大师冯文土、浙江省工艺美术大师季桂芳等老师。现为温州"古建木雕策班艺术工作室"总设计。中国工艺美术协会会员、浙江省创意设计协会会员、温州市工艺美术协会理事、温州市美术家协会会员。

读《捣练图》之一

马俪净，1992年10月出生于温州市。毕业于温州大学美术与设计学院。温州市美术家协会会员。

读《捣练图》之二

群鹤朝阳图